Leserabe

1. Lesestufe

Katja Reider

Einsatz für die Löwenbande

Mit Bildern von Birgit Antoni

Ravensburger Buchverlag

Bibliografische Information Der Deutschen Bibliothek:

Die Deutsche Bibliothek verzeichnet diese Publikation
in der Deutschen Nationalbibliografie.
Detaillierte bibliografische Daten sind im Internet
über **http://dnb.ddb.de** abrufbar.

1 2 3 10 09 08

Ravensburger Leserabe
© 2008 Ravensburger Buchverlag Otto Maier GmbH
Umschlagbild: Birgit Antoni
Umschlagkonzeption: Sabine Reddig
Redaktion: Sabine Schuler
Printed in Germany
ISBN 978-3-473-36336-0

www.ravensburger.de
www.leserabe.de

Inhalt

Unfall in der Löwengasse

Eilig schlüpft Lilli in ihre Schuhe
und winkt Mama zu.
„Tschüss, bis später!"
„Halt!", ruft Mama. „Wo gehst du hin?"

Manchmal stellt Mama wirklich
seltsame Fragen!
Lilli zeigt auf ihr T-Shirt
mit dem Löwenkopf.
„Alles klar", nickt Mama lächelnd.
„Grüß die anderen Löwen von mir!"

Die Löwen – das sind Tom, Julius,
Lotta und Lilli selbst.
Alle vier Kinder wohnen
in der Löwengasse.
Sie nennen sich
„Löwenbande"
und sie halten
fest zusammen.

Die Bande trifft sich unten im Hof,
wie immer.
Die anderen sind schon da.
Julius hockt im Gras.
Lotta und Tom turnen
auf dem Klettergerüst herum.

„Haaaallooo!", ruft Lilli von Weitem.
Tom winkt fröhlich zurück.
Aber – oje! –
plötzlich verliert er den Halt.
Er schwankt und stürzt zu Boden!

Blitzschnell sind die anderen
bei ihm.
Hoffentlich ist Tom
nicht schlimm verletzt!

Nein, zum Glück nicht!
Tom steht schon wieder auf.
Aber sein Knie blutet.
Lilli, Lotta und Julius bringen ihn
nach Hause.

Tom bekommt ein dickes Pflaster,
die anderen Löwen Kekse und Kakao.
Zur Stärkung.

„Dieses olle Klettergerüst
ist total wacklig!", schimpft Tom.
Lotta nickt. „Erst letzte Woche
ist die kleine Mia von nebenan
heruntergefallen."

„Also braucht die Löwengasse
ein neues Klettergerüst!",
stellt Julius fest.

„Ein richtiges Kletterhaus wäre toll",
meint Tom. „Mit Kletterwand
und Seilen und …"
„Viel zu teuer", winkt Lotta ab.
„Leider", seufzt Julius.

13

Nur Lilli schweigt.

Sie scheint angestrengt nachzudenken.

Aber plötzlich hellt sich

ihr Gesicht auf und sie ruft:

„Leute, ich hab eine Idee …!"

Lillis genialer Plan

Lilli strahlt in die Runde,
dann sagt sie:
„Es ist ganz einfach:
Wir sammeln selber Geld
für ein Kletterhaus!"

„Und wie?", kichert Lotta.
„Setzen wir uns mit einem Hut
an die Straße?"

„Quatsch!", sagt Lilli.
„Wir veranstalten ein Hof-Fest
für die Leute hier
in der Löwengasse.
Mit Flohmarkt, Kuchen,
Getränken ..."

„Und einer Tombola!",
ergänzt Lotta begeistert.
„Das ist eine Super-Idee, Lilli!
Von dem Erlös kaufen wir
ein Kletterhaus!"

Auch den Jungen gefällt
Lillis Vorschlag.
Fix holt Tom Papier und Bleistift.
Dann werden eifrig Pläne geschmiedet.
Ob alle Eltern einverstanden sind?

18

„So ein Fest bedeutet viel Arbeit!",
warnt Lillis Mutter. „Aber wenn alle
mit anpacken …" Sie lächelt.
Lilli fällt ihrer Mutter um den Hals.
„Danke, Mama!"

Auch die Eltern von Tom, Julius und
Lotta wollen helfen.
Einfach super!

Ab sofort hat die Löwenbande
alle Hände voll zu tun.
Zuerst wird die Einladung
geschrieben:

Abs. Die Löwenbande

EIN KLETTERHAUS
FÜR DIE LÖWENGASSE

Liebe Nachbarn,

wir feiern ein

Hof-Fest!

Am Sonntag,

den 28. Juni, ab 14 Uhr,

hier in der Löwengasse!

Kuchenspenden, Flohmarkt-Artikel

und gute Ideen

werden gerne entgegengenommen.

Die Löwenbande

aus der Löwengasse:

Lilli, Julius, Tom und Lotta

In den nächsten Tagen
verteilen die Kinder die Einladungen
in allen Häusern der Löwengasse.
Jetzt gibt es kein Zurück mehr!

Die Spannung steigt

Eifrig sortieren Lilli
und Lotta mit Lillis Mama
die Spenden für den Flohmarkt:
Kleidung, Spielzeug, Bücher …
„Puh", seufzt Lilli. „Ist das viel!"

„Wo stecken eigentlich die Jungs?",
fragt Lotta. „Drücken die sich etwa
vor der Arbeit?"
Nein, da sind sie schon!

24

„Der Schrebergarten-Verein
leiht uns Tische und Bänke“,
berichtet Julius.
„Und der Schreibwaren-Laden stiftet
Preise für die Tombola“, meldet Tom.
„Super!“, sagt Lilli.

„Meine Mutter übernimmt
die Dekoration", erzählt Lotta.
„Mein Vater sorgt für Musik",
verspricht Julius.

„Und was ist mit Geschirr?", fragt Lilli.

Ach, es gibt sooo viel zu bedenken!

Und dann ist er da:

Der letzte Tag vor dem großen Fest!

Die Löwenbande

wirbelt aufgeregt

durcheinander.

„Und wenn es nun morgen regnet?",
fragt Lotta plötzlich.
„Oder keiner kommt?", unkt Julius.
„Oder niemand ein Los kauft?",
flüstert Tom.
Einen Moment schweigen alle bedrückt.

Aber dann sagt Lilli leise:
„Dann hätten wir wenigstens
gekämpft für unser Kletterhaus!
Wir sind doch
die Löwenbande!
Wir sind stark, oder?"
Das stimmt!

Die anderen nicken energisch.
Tom streckt seine Hand aus.
Und alle schlagen ein.

Nach einer Weile springt Lilli auf.

„Tschüss, ich hab noch was vor!"

„Heute?", fragt Tom erstaunt.

„Was denn?"

Lilli legt den Finger an die Lippen.

„Pssst! Großes Geheimnis!"

Und weg ist sie.

**Die Löwenbande
ist echt stark!**

WILLKOMMEN
BEIM LÖWENFEST

Die Löwen zwinkern sich zu.
Wie toll alles anläuft!
Das Fest hat gerade erst begonnen
und schon füllt sich der Hof!

Lotta steht mit ihrem Vater am Grill.
Julius schenkt Getränke aus.
Lillis Mutter verkauft Kuchen.
Und Toms Eltern feilschen
am Flohmarkt-Stand um die Wette.

Aber wo steckt Lilli?
Ah, da kommt sie ja!
Mit einem
großen Tablett
voller Kekse!

„Hallo, hier gibt's die echt starken
Löwen-Kekse!",
ruft Lilli in die Menge.
„Das Stück zu 30 Cent!"
Natürlich wollen alle einen Löwen-Keks.
Gut, dass Lilli noch Nachschub hat!

„Das hattest du also gestern
noch vor", grinst Julius später.
„Prima Idee!"
„Nicht wahr?" Lilli strahlt vor Stolz.

Da kommen auch Lotta und Tom.

„Wahnsinn!", ruft Lotta.

„Jetzt kenne ich jeden hier
in der Löwengasse!"

„Unser Fest ist ein voller Erfolg!",
trompetet Tom.

„Es kommt noch besser",
lächelt Lillis Mama.
„Ich habe eben mit dem
Hausverwalter gesprochen.
Wir bekommen einen Zuschuss
für das Kletterhaus.
Und eine große Schaukel!"

37

Super! Die Kinder jubeln.
Und alle sind sich einig:
Die Löwenbande
ist echt stark!

Katja Reider wurde 1960 geboren. Nach ihrem Studium arbeitete sie mehrere Jahre als Pressesprecherin eines großen Jugendwettbewerbs.

Seit der Geburt ihrer beiden Kinder purzeln ihr ständig Geschichten aus dem Ärmel, die sie nur einzusammeln braucht ... So hat sie inzwischen zahlreiche Kinder- und Jugendbücher veröffentlicht, die in viele Sprachen übersetzt wurden. Katja Reider lebt mit ihrer Familie in Hamburg.

Im Leseraben sind von ihr mehrere Bücher erschienen, so auch der erste Band von Lilli: „Lilli und die Löwenbande", mit Bildern von Birgit Antoni.

Weitere Informationen unter **www.katjareider.de**.

Birgit Antoni wurde 1969 in Wien geboren. Sie studierte Schrift, Buchgestaltung und Grafikdesign an der Hochschule für angewandte Kunst in Wien und schloss mit dem Diplom ab. Ihr erstes Bilderbuch, „Das verquorksmoggelte Mädchen", erschien 1996. Seither ist Birgit Antoni mit großer Begeisterung als freiberufliche Grafikerin und Illustratorin tätig. Für ihre farbenprächtigen, witzigen und manchmal frechen Illustrationen wurde sie mehrfach ausgezeichnet. Birgit Antoni lebt mit ihrem Mann und ihren zwei Kindern in Wien.

Leserätsel

mit dem Leseraben

Super, du hast das ganze Buch geschafft!
Hast du die Geschichte ganz genau gelesen?
Der Leserabe hat sich ein paar spannende
Rätsel für echte Lese-Detektive ausgedacht.
Mal sehen, ob du die Fragen beantworten kannst.
Wenn nicht, lies einfach noch mal
auf den Seiten nach. Wenn du die richtigen
Antwortbuchstaben in die Kästchen auf Seite 42
eingesetzt hast, bekommst du das Lösungswort.

Fragen zur Geschichte

1. Warum heißt die Löwenbande „Löwenbande"?
   (Seite 6)
   K: Die Mitglieder der „Löwenbande" wohnen alle
   in der Löwengasse.
   T: Die Löwenbande betreut einen Löwen im Zoo.

2. Was passiert am Klettergerüst? (Seite 8/9)

U : Die Kinder bauen dort eine kleine Hütte.

E : Tom fällt herunter und verletzt sich.

3. Welche Idee hat Lilli? (Seite 16)

P : Sie will an der Straße betteln.

K : Sie will ein Hof-Fest veranstalten, um Geld für ein Kletterhaus zu sammeln.

4. Wer kommt zum Hof-Fest der Löwenbande? (Seite 21 und 36)

S : Alle Leute aus der Löwengasse.

T : Die Kinder von Lillis Schule.

5. Was ist Lillis großes Geheimnis? (Seite 33/34)

E : Sie backt Löwen-Kekse.

D : Sie verkauft alle Lose.

Lösungswort:

K	E	K	S	E
1	2	3	4	5

Rabenpost

Super, alles richtig gemacht! Jetzt wird es Zeit
für die RABENPOST.
Schicke dem LESERABEN einfach eine Karte
mit dem richtigen Lösungswort. Oder schreib eine
E-Mail. Wir verlosen jeden Monat 10 Buchpakete
unter den Einsendern!

An den LESERABEN
RABENPOST
Postfach 20 07
88 190 Ravensburg
Deutschland

leserabe@ravensburger.de
Besuch mich doch auf meiner Webseite:
www.leserabe.de

1. Lesestufe für Leseanfänger ab der 1. Klasse

ISBN 978-3-473-**36178**-6

ISBN 978-3-473-**36179**-3

ISBN 978-3-473-**36164**-9

2. Lesestufe für Erstleser ab der 2. Klasse

ISBN 978-3-473-**36169**-4

ISBN 978-3-473-**36067**-3

ISBN 978-3-473-**36184**-7

3. Lesestufe für Leseprofis ab der 3. Klasse

ISBN 978-3-473-**36177**-9

ISBN 978-3-473-**36186**-1

ISBN 978-3-473-**36188**-5

www.ravensburger.de / www.leserabe.de

Ravensburger

ERZ_06_010